AF332676

LETTRE

DE

MONSIEUR ***,

A MADAME

LA PRINCESSE DE ***,

AU SUJET

DES ESSAIS HISTORIQUES

& critiques sur le Goût.

A PARIS,

Chez PRAULT pere, à l'entrée du Quay
de Gêvres, au Paradis.

___

M. DCC. XXXVI.

Avec Approbation & Permission.

LETTRE DE M***,

A MADAME

LA PRINCESSE DE***,

*Au sujet des Essais Historiques & Critiques
sur le Goût.*

ADAME,

J'AI lû enfin, relû même par vos ordres,
& pour vous en dire ma pensée, *les Essais de
l'Abbé C*** sur le Goût.* Je suis toujours
des derniers à lire ces Livres de passage; &
combien n'en laissai-je pas passer! A-t-on trop
de tems pour les bons, qui ne manquent pas?
Seulement lorsqu'il en paroît de nouveaux,
je me tiens aux écoutes; & j'attens le suffrage
d'un certain Public pour me déterminer.

A

J'avois lû, encore par complaisance, le pre-
mier ouvrage de cet Abbé sur les Mathématiques; & le Public, sans vos ordres ausquels je
dois déferer, ne m'auroit point fait retracter la
résolution que je pris dès ce tems-là de n'en
plus lire de sa façon; le caractere de cet Auteur
& son tour d'écrire étant de ceux sur lesquels
on peut se décider assez vîte, sans trop de témé-
rité : il y a des visages dont les traits annoncent
une longue jeunesse, & une enfance de cin-
quante ans.

Je vous avouërai cependant qu'à tout prendre, ce nouvel ouvrage de l'A. C. sur le Goût
m'a paru moins mal assorti que le prémier, &
que plus cet Auteur s'éloignera des Sujets soli-
des & profonds qui demandent du génie, de
l'acquis & une certaine force de raisonnement,
plus il me semble qu'il pourra réussir. Assûré-
ment il ne manque ni d'esprit, ni d'imagination, & je le croirois très-propre à exceller
dans des contes de Fées, ou dans de petits Ro-
mans. Le sentiment le méne, il en fait pro-
fession, car chacun se sent. Dès l'entrée de son
livre il s'est peint avec une naïveté charmante :
sa comparaison des Geans antiques avec les
hommes modernes, c'est-à-dire avec lui-même, est jolie au possible : un homme de sentiment croit tous les hommes jettés en même
moule que lui. Il m'a semblé voir un enfant à
la bavette qui ressemble au seul récit de ces avan-

tures coloffales dont fa nourrice l'épouvante mal - à - propos. L'Abbé C. n'a pû penfer aux Géans de la Fable , fans fe trouver tout *Colifichet*. Il faut l'entendre lui-même exprimer fes fentimens naïfs fous des perfonnages d'emprunt. Ces Géans , dit-il , s'ils nous voyoient , *ne nous regarderoient que comme des Colifichets , plaifans jufque dans leurs attitudes les plus fublimes*. C'eft cela : c'eft *la nature* même *prife fur le fait*.

Si l'A. C. me croit, il craindra le contrafte des fujets gigantefques, tels que les Mathématiques. Le Goût eft encore même un Typhon & un Encelade pour lui. Nouvel Hercule , mais Hercule chez Omphale, guindé fur fon imagination, il a beau tenir cet Anthée à la pointe des cheveux, fans toucher lui-même à terre il ne peut l'en défemparer, loin de le terraffer après l'avoir vaincu. Il ne fuffit pas de fe fentir, il faut fe connoître pour traiter un fujet, & faire un ouvrage. Je me trompe, ou l'A. C. fe flatte d'imiter Montagne dans fes écars. Montagne a bien fait de mauvaifes Copies. C'eft un Auteur vraiment original. Je veux croire cependant que l'Abbé en tient un peu, & pour parler colifichet, je dirois qu'il eft *enjolí*, *en efprit*, *en imagination*, ce que Montagne eft *en beau*, *en profond*, *en génie*. L'expreffion n'eft pas des plus brillantes, de repréfenter Montagne comme un vrai Philofophe nourri de fruits,

A ij

fruits mûrs & succulens ; mais elle passera en faveur de cette autre partie de la comparaison où je me represente notre Abbé comme une petite abeille nourrie de fleurs, ou, pour ne point mentir, comme un joli Papillon qui *voltige* de fleurette en fleurette. Sans l'avoir jamais connu, si ce n'est un peu de réputation, & par son livre, je le vois d'ici, comme ces petites Reines des ruës ; tout *en pompons, en colifichets, en beaux-beaux, en bonsbons;* galant au demeurant jusqu'à la coqueterie. Je lui passerois tout cela, personne ne me paroissant plus fait que lui pour ce badinage, sauf son caractere d'Abbé, si c'en est un; mais c'est l'affaire de son Evêque.

Ce que je ne puis lui passer, c'est qu'à tous momens mis, par son papillonage indiscret, en contraste avec tout ce qu'il y a de gigantesque dans l'Univers, il y soutienne l'air d'un Jupiter tonant qui foudroye en quelque sorte ces orgueilleux Titans, les mêmes qui tout-à-l'heure regardoient ses pareils *comme des Colifichets, plaisans jusques dans leurs attitudes les plus sublimes.* Je parle de ce ton aisé, familier & de connoissance qui décide, qui tranche les questions du monde les plus respectables. Il traite de conjectures frivoles & de fables le fait des Géans anciens, même après avoir mis en question l'Ecriture Sainte. Il éfleure avec des sousententes assez significatives l'opinion de l'éternité du monde, & traite en bloc de chimeriques les *Petaux*, les *Scaligers*, les *Marshams*, les *Pézrons*, & les *Périzonius*.

Il represente les *premiers hommes*, c'est-à-dire, les premiers de la période courante, comme *n'étant* d'abord *soumis qu'aux seules loix de la nature*, & tout-à-fait *au-dessus des bienséances & de l'opinion*. Suivant les vûës du grand MECHANISME, ajoûte-t-il, *l'homme se concertoit sur le jeu varié de ses organes. Appaiser sa faim, étancher sa soif, se garantir des ardeurs & des frimats, mérita ses premiers vœux. Si deux amans étoient assortis, le dénoüement de l'amour accompagnoit les premiers désirs. Point de pudeur à surmonter, ni de respect humain à craindre.* De quels premiers hommes parle-t-il ? Est-ce d'Adam & d'Eve qui rougirent de leur nudité, la couvrirent de feüilles, & cacherent toute leur personne ? Est-ce des enfans de Noë dont deux voilerent la honte de leur pere, & le troisiéme fut maudit pour n'en avoir pas rougi ?

Je le vois bien; c'est ici le progrès indiscret d'un systeme un peu plus mystérieux sur l'*Origine des Fables*, qu'un Auteur d'ailleurs respectable aux gens de Lettres, a glissé depuis quelques années, peut-être sans en connoître lui-même le venin, dans toutes les éditions de ses ingénieux ouvrages. Je ne rends point cet Auteur garant de toutes les mauvaises con-

féquences qu'on en tire, & qu'on en peut tirer : & je veux croire qu'il ne l'a pas tiré lui-
même par voye de conféquence de l'impie fi-
ftême de Diodore de Sicile fur les hommes
Autoctones, moitié hommes, moitié ferpens
ou moitié bêtes, & tout-à-fait mécaniques &
corporels dans leur origine, engendrés des li-
mons de l'Egypte, non par le fouffle de Dieu,
qui tout d'un coup en fait des ames vivantes,
pleines d'ntelligence, & fes images fur la terre,
mais éclos par l'ardeur du Soleil & par le jeu du
grand *Méchanifme*, à la façon des grenouilles
& des tétards.

A Dieu ne plaife, Madame, que par un
excès de critique maligne, ou inconfiderée,
j'étende jufques-là les intentions, les vûës même de l'Auteur très-clairvoyant néahmoins
& très-inftruit, & dont vous me permettrez,
Madame, de vous taire le nom. Je n'y fuis
que pour le fonds de l'affaire, & pour préve-
nir le Public fur les écüeils dont ce fyftême eft
bordé tant dans fon principe que dans fes con-
féquences que l'Auteur n'a point admifes, qu'il
n'a point mentionnées, mais avec lefquelles
fa penfée s'enchaîne à merveille. Là où finit
Diodore, là précifément il commence, & là
où commence l'A. C. là il finit. Ce qu'ils ap-
pellent tous trois les *premiers hommes*, n'ont,
felon l'auteur de l'Origine des Fables, que des
idées corporelles, des idées au moins de

corps, de santé, d'embonpoint, de force, &
avec le tems des idées de pouvoir, & tout-à-
fait lentement des idées de sagesse, de bonté,
de justice, de vertu, de perfection.

C'est faire des Fables à plaisir, pour nous
en découvrir l'origine, que de nous donner
les prémiers hommes, & les Américains de
nos jours comme un *peuple nouveau*, sorti
de terre sans doute, & developpé peu à peu
comme une plante, par les loix de ce grand
Méchanisme, selon le hardi Commentateur.
C'est formellement contredire l'Ecriture, &
toutes sortes d'Ecritures, & d'Histoires, que
de supposer les hommes sortis du néant par des
progrès mesurés, & en quelque sorte par parties proportionelles. Adam en est sorti d'un
seul souffle avec toute son intelligence, avec
plus d'intelligence qu'aucune succession de
tems & d'étude n'a pu en donner jusqu'ici aux
plus beaux esprits. Noë, ses enfans, Cham
lui-même avoient toutes les idées spirituelles
qui conviennent à l'humanité. A la Tour de
Babel manquoit-on de ces idées & de cette intelligence? Belus, Ninus, Arphaxad, Tharé,
Abraham, les Egyptiens, les Chaldéens en
étoient-ils dépourvûs? Voilà pourtant les
prémiers hommes.

Mais les Grecs, nation babillarde, comme
celle des pretendus beaux esprits de tous les
tems, ont, à force de babil, fait des Fables,

& dit bien des bêtises , jufqu'à traiter de bêtes leurs ancêtres, afin de paroître eux-mêmes plus beaux efprits. Oüi , leur cœur a fait des fables, & leur efprit n'en a été la dupe qu'en faifant femblant de s'en contenter. Point de difcuffion inutile. Ce n'eft point de la bêtife, c'eft-à-dire, d'une ignorance craffe & invincible que les prémiers hommes font partis pour arriver par invention philofophique à l'humanité , au développement des idées. C'eft au contraire de l'humanité la mieux conditionnée qu'ils fe font dégradés jufqu'à la condition des bêtes; & toutes les Fables des anciens n'ont jamais été qu'une dégradation de la vraie divinité & de mille points de la Religion naturelle , ou autre révelée à Adam , à Noë , & en leurs perfonnes , & par leur moyen à tous les chefs des Nations.

Ce n'eft encore rien que cela. *De cette Philofophie groffiere qui regna néceffairement dans les prémiers fiécles , font nés les Dieux & les Déeffes.* Voilà le nœud : c'eft une démangeaifon de Philofophie qui s'eft emparée de tous nos prétendus beaux efprits , & qui les rend entreprenans jufques fur la Divinité même. *Il eft affez curieux*, ajoûte l'auteur , *de voir comment l'imagination humaine a enfanté les fauffes Divinités.* Ce fauffes eft mis là fort à propos , mais il ne corrige rien. Si l'imagination humaine a inventé les fauffes Divinités ,

elle a inventé les Divinités tout court, & l'i-
dée présente de la Divinité n'est qu'une invention humaine. C'est la conséquence ; l'auteur
ne l'adopte pas, mais il en fait assez bien les
préparatifs. Je ne veux lui prêter que ses propres paroles.

» Dans toutes les Divinités que les Payens
» ont imaginées, ils y ont fait dominer l'idée
» du pouvoir, & n'ont eu presque aucun égard
» à la sagesse ni à la justice, ni à tous les autres
» attributs qui suivent la nature divine. . . .
» Les prémiers hommes ne connoissoient rien
» de plus beau que la force du corps. La sagesse
» & la justice n'avoient seulement pas de nom
» dans les langues anciennes, comme elles
» n'en ont pas encore aujourd'hui chez les Bar-
» bares de l'Amérique. . . . Il fallut bien que
» ces Dieux se sentissent & du tems où ils
» avoient été faits, & des occasions qui les
» avoient fait faire. Et même quelle misérable
» espece de pouvoir leur donnoit-on ? Mars le
» Dieu de la Guerre est blessé dans un combat
» par un mortel. Cela déroge beaucoup à sa
» dignité : mais en se retirant il fait un cri
» tel que dix mille hommes ensemble l'au-
» roient pû faire. C'est par ce vigoureux cri que
» Mars l'emporte en force sur Dioméde. En
» voilà assés, selon le judicieux Homere, pour
» sauver l'honneur du Dieu. De la maniere
» dont l'imagination est faite, elle reconnoî-

» tra toujours pour une Divinité ce qui aura un
» peu plus de pouvoir qu'un homme ... Les
» Payens ont toujours copié leurs Divinités
» d'après eux-mêmes : ainsi à mesure que les
» hommes sont devenus plus parfaits, les Dieux
» le sont devenus aussi davantage. Les prémiers
» hommes sont fort brutaux , & ils donnent
» tout à la force ; les Dieux seront presque aus-
» si brutaux , & seulement un peu plus puis-
» sans : voilà les Dieux du tems d'Homere.
» Les hommes commencent à avoir des idées
» de la sagesse & de la justice ; les Dieux y ga-
» gnent. Ils commencent à être sages & justes,
» & le sont toujours de plus en plus à mesure
» que les idées se perfectionnent parmi les
» hommes. Voilà les Dieux du tems de Cice-
» ron ; & ils valoient bien mieux que ceux du
» tems d'Homere, parce que de bien meilleurs
» Philosophes y avoient mis la main.

Saint Paul n'y entendoit rien sans doute,
lorsque de tout progrès œconomique de la
vraye Religion il proscrivoit la Philosophie,
l'Eloquence, & tout ce qui s'appelle *l'humaine
sagesse.* Un peu plus bas notre Auteur con-
vient , pour l'édification sans doute , que le
monde a été éclairé des *lumieres de la vraye
Religion :* mais pour la gloire de la Philosophie,
il l'associe à la Religion : *& peut-être aussi,*
ajoûte-t-il, *de quelques rayons de la vraye Philosophie.* Et voilà ce qui perdra enfin toute la

Religion en France & en Europe, ſi l'on ne
ſe hâte d'y prendre garde. Il ſe peut que plu-
ſieurs de ces beaux eſprits n'ayent point de
mauvaiſe intention, & qu'ils ne ſoient ſeu-
lement que ſols de Philoſophie & mauvais
Théologiens, c'eſt-à-dire, mauvais Philoſophes, ou mal inſtruits dans cette partie de la
Philoſophie qui a Dieu & les choſes ſurnatu-
relles pour objet. Je ſerois en particulier bien
fâché de taxer d'aucune perverſité d'intention
le ſçavant & ingénieux auteur de *l'Origine des
Fables*; mais je le prie de prendre garde qu'il
ne ſe trouve reſponſable au public & à Dieu,
des conſéquences dangereuſes de ce qu'il avan-
ce ici.

Car ſi l'idée de la Divinité a été menée de
perfection en perfection par un progrès ſucceſ-
ſif de raiſonnement, d'invention & de *perfe-
ctionnement* humain : ſi ce que l'on appelle les
Dieux, ſelon cet auteur, *y gagnent*, & ſont ſa-
ges & juſtes *de plus en plus à meſure que les
idées ſe perfectionnent parmi les hommes : ſi les
Dieux du tems de Ciceron valoient bien mieux
que ceux du tems d'Homere* : & ſi cet accroiſ-
ſement de perfection divine, n'étoit dû qu'à
*de bien meilleurs Philoſophes qui y avoient mis
la main* ; faudra-t-il beaucoup aiguillonner une
infinité d'eſprits licentieux & d'ames liberti-
nes, follement épriſes du prétendu nom de
Philoſophes, pour leur faire tirer la conſequen-

té affreuſe, mais naturelle, que la perfection à laquelle l'idée que nous avons de la Divinité eſt montée immédiatement après Ciceron, & où elle eſt de notre tems; tems ſelon cet auteur & ſes ſectateurs, fort ſupérieur à celui de ces anciens, n'eſt dûë qu'à ces *rayons* de nouvelle & prétenduë *vraye Philoſophie* qui éclairent *de bien meilleurs Philoſophes qui y ont mis la main.*

L'époque de Ciceron où on nous laiſſe, eſt remarquable; c'eſt à peu près l'époque de Jeſus-Chriſt. La grande perfection de l'idée de la Divinité, c'eſt l'unité. Les prémiers Dieux étoient puiſſans & forts ſelon l'idée des prémiers hommes, ou plûtôt des prémiers Philoſophes, car l'auteur leur donne ce nom au moment qu'il les repréſente indignes de porter le prémier. De ſeconds hommes ou Philoſophes ont trouvé que la ſageſſe & la juſtice valoient encore mieux que la force & le pouvoir. De troiſiémes Philoſophes ont trouvé de même que l'unité valoit mieux que la pluralité. Or ces troiſiémes Philoſophes, c'eſt Ciceron & ſon ſiécle; puiſque Ciceron paroît aſſez n'avoir reconnu qu'un Dieu immortel. Ce n'eſt donc que pour la forme, & tout au plus pour le peuple que Jeſus-Chriſt eſt venu, s'il eſt venu, pour proſcrire l'idolatrique pluralité des Dieux. Tout ce qu'il a ajoûté à cette idée ne vaut pas mieux, & s'il vaut mieux, les hommes qui ont valu roujours mieux , pouvoient bien l'ajoûter ; & toute la Religion n'eſt encore un coup qu'une *invention* & une *imagination* de l'eſprit humain.

Mais voilà pourtant ce que je ne pardonnerois pas au ſçavant auteur des prémices de ces conſéquences, d'avoir entaſſé tout ceci ſur des fauſſetés hiſtoriques dont la liſte ſeroit bien longue. Il eſt faux que du tems d'Homere on n'eût pas , & qu'Homere n'ait pas eu les idées les plus ſpirituelles de la ſageſſe, de la juſtice, de la bonté , de la verité , de la vertu même & de la ſainteté. Il eſt faux qu'Homere n'ait ſçû relever Mars au-deſſus d'un homme que par un *vigoureux cri*. Il eſt faux qu'il ait voulu le relever , & certain au contraire, qu'il a voulu le rabaiſſer des plus hautes idées qu'il en avoit, & que tout le monde en avoit de ſon tems. Il eſt faux qu'un poëme comme l'Iliade puiſſe être fait par un eſprit crotoniate qui ne connoiſſe rien de plus beau que d'aſſomer un bœuf d'un coup de poing , & qui n'ait point les idées les plus ſpirituelles de toutes choſes. Il eſt faux que toute cette profanation de la Divinité ſoit l'ouvrage de l'eſprit, & non du cœur. Il eſt faux que Dieu ait jamais laiſſé les hommes barboter dans ce limon égyptien d'idées purement corporelles, pour arriver, par un jeu d'organes, à l'idée pure de ſa Divinité , &c.

Autre ordre de fauſſetés manifeſtes. Il eſt

faux que du tems de Ciceron, & au tems même où Jesus-Christ est né, les Dieux eûssent ga-
gné autre chose que de mieux infatuer l'univers. Il est faux que l'idée des hommes à leur
égard (les Juifs mis à part) fût plus pure &
plus parfaite : faux que la pluralité des Dieux
ne fût pas montée à son comble : faux que l'i-
dolâtrie ne fût pas plus grossiere, plus stupide,
plus corporelle qu'elle ne l'avoit jamais été :
faux qu'il n'y ait point eu autant, & peut-être
plus de Philosophes chez les Grecs pour l'unité de Dieu, que chez les Romains : faux que
le poëme & les fables d'Homere, & le Mars
blessé par Diomede, & son *vigoureux cri* fus-
sent plus respectés, ou mieux crus chez les
Grecs au tems, ou même avant le tems d'Homere, que chez les Romains au tems de Ciceron : faux que Virgile, Ovide, Horace, Catulle, Ciceron lui-même ayent moins crû,
moins débité, moins embelli ces fables qu'Homere & tous les beaux esprits Grecs, &c.

Chez la plûpart des peuples, nous dit-on,
les Fables se tournerent en Religion : fausseté
pure à ne consulter que l'histoire. Et ce fut
bien positivement au contraire la Religion qui
fut tournée en fables chez tous les Peuples qui
en furent infectés. Tous ces Philosophes fai-
seurs de sistêmes ne veulent pas connoître les
hommes ; ils veulent les deviner. Rien n'est
mieux marqué dans l'histoire du genre hu-

main que cet ancien uſage de tourner la Religion en fables par vóye d'oubli & d'ignorance;
& nulle part on ne trouve aucun veſtige de
cette prétenduë Philoſophie qu'on léur prête
pour tourner les fables en Religion par vóye
d'intelligence, de raiſonnement & d'invention. La ſeule défenſe que Dieu fit aux Juiſs
au commencement, de le repréſenter par des
idoles, c'eſt-à-dire, par des images, & d'un
autre côté la pente preſque inſurmontable que
les Juifs avoient toujours à imiter toutes les
nations en ce point, montrent bien la vérité
hiſtorique de ce que je dis. A Rome même
nous ſçavons qu'au commencement la Divinité n'avoit ni images, ni ſtatuës, ni idoles
par conſequent, ni fables. Nous ſçavons auſſi,
& les moins verſés dans la littérature ancienne
le ſçavent, que les Romains ayant admis toutes
les fables, toutes les idoles, toutes les Divinités de l'univers, ils en furent les plus ſuper-
ſtitieux & les plus idolâtres; & que par une
eſpece de contr'ordre généalogique à la prétenduë *origine des Fables*, les Romains avoient
été plus idolâtres que les Grecs, les Grecs plus
que les Egyptiens, & les derniers Egyptiens
plus que les premiers. Ne ſçait-on pas à peu
près le tems où l'idolâtrie a pris naiſſance dans
les Indes, & s'eſt répanduë dans toutes les
parties du monde? Oüi, il n'eſt que trop vrai
que la Philoſophie, cette Philoſophie bel eſ-

prit, & plus phisique que morale ou théolo-
gique, est l'origine même des fables, & que
trop de raisonnement humain nous rend très-
peu propres à toucher aux matieres de Religion. En voilà un des exemples des mieux mar-
qués; & lorsqu'on voit un des plus beaux esprits de notre siécle, des plus sçavans mêmes,
& des plus éclairés, ne pouvoir par toute sa
Philosophie expliquer l'origine des fables sans
un nouvel entassement de fables, on ne doit
pas douter de l'origine de celles ausquelles de
bien moins bons Philosophes, de bien moins
beaux esprits *avoient mis la main.* Je reviens à
mon Abbé.

Ne regardez point au reste, Madame, ce
que je viens de dire comme une digression.
Outre la liaison naturelle des deux systêmes,
l'auteur dont je viens de parler a été l'approba-
teur juridique, & est par consequent le garant
des nouveaux essais sur le Goût. J'en parle par
oüi dire, parce que l'édition, que j'ai entre
les mains, est datée d'Amsterdam & ne porte
point d'approbation.

Si les Censeurs l'avoient lû, je ne doute pas
qu'ils n'eussent reprimé l'indiscretion avec laquelle ce jeune Abbé heurte les Dieux de la
terre, les Rois, le Thrône. C'étoit-là encore
un de ces Géans auprès duquel il falloit craindre le colifichet. Vous venez de voir, Madame la Généalogie des Dieux, voici celle des
Rois.

Rois. *L'amour sans pudeur, sans bienséance, sans opinion,* fut l'apanage des prémiers hommes comme des bêtes. *Au milieu de tous ces développemens du cœur, l'intérêt vint établir son empire sur l'amour.* Et par le jeu des organes, *selon les vûës du grand* MECHANISME, l'intérêt produisit *l'avarice,* l'avarice engendra *l'ambition,* l'ambition *l'audace* ou *l'habileté;* ce point est indécis chez le nouveau d'Hozier. Voici l'Epiphonème, *il parut enfin des Rois.*

Il ne s'arrête pas cependant en si beau chemin; & tout de suite il monte des Rois aux Dieux. *La Religion répandit ses voiles, les emblêmes, les énigmes, les vers magiques séduisent les yeux sur les objets les plus simples. L'imagination joue; l'imposture, les oracles, les trépiés, les Pythies, &c.* Je ne cite que les termes pour abréger. *Le concert du thrône & de l'autel fut le pivot redoutable du pouvoir suprême. Les Rois consacrerent la Religion, & les Prêtres firent encenser le thrône.* Il seroit ridicule de suivre pied à pied un auteur si peu suivi. Il représente ensuite les Rois brouillés avec les Prêtres, puis il les reconcilie, sur la foi, sans doute, du roman oublié de *Séthos:* car la scéne est en Egypte. Et sur cette réconciliation, *les Souverains,* dit-il, *libres pendant qu'ils les regardoient comme des fourbes ou des enthousiastes, devinrent tout à la fois & leurs*

B

esclaves & leurs victimes, dès-lors qu'ils se
laisserent ceindre du bandeau de l'opinion. Que
dites-vous, Madame, du bandeau royal,
bandeau sacré ceint par les Prêtres, & tout-à-
fait dans l'esprit de la vraye Religion de tous
les tems, mais transformé d'un trait de plu-
me en *bandeau de l'opinion?*

Il passe des Egyptiens aux Grecs, chez qui,
toujours généalogiste, il fait enfin naître la
belle gloire & la pudeur. A propos de pudeur,
il entre dans des discussions galantes, où l'on
est scandalisé d'en voir si peu, surtout lorsqu'on pense que c'est un Abbé qui parle, &
qu'on lui voit réduire cette vertu à une for-
malité hypocrite, plus propre à servir d'amor-
ce & de voile, que de frein à la plus honteuse
débauche. Le *ton* haut sur lequel il *se monte*
pour critiquer la littérature grecque, ne sur-
prend plus. C'étoit, selon lui, le défaut com-
mun du bon siécle de la Grece, de n'entendre pas *la conduite d'un ouvrage. Herodote ra-
conte comme un homme yvre... Xenophon est
encore inférieur à Thucidide... Polibe est une
espece de discoureur... Platon n'a ni suite ni
dessein... La Poëtique même & même la Logi-
que d'Aristote manquent de méthode. Démos-
thene & les autres Orateurs Grecs n'entendent
rien à l'œconomie d'une harangue... Son dis-
cours est plein de dissonances... Les odes de
Pindare sont les effets d'un transport, ou de*

vapeurs bien étranges.... Tout nous marque
l'enfance de l'esprit humain dans ces siécles
éloignés, dit l'Abbé C. qui a voulu apparem-
ment nous en marquer la vieillesse dans les
contes qu'il nous fait à propos du Goût....
Il touche à la Peinture avec la même agilité.
*Par les merveilles que Pline attribuë au pinceau
de Zéuxis & d'Apelle*, il juge *que leur siécle
n'étoit pas encore initié aux secrets de la Peinture.* Sur la Sculpture, dont les connoisseurs
admirent la perfection dans les morceaux qui
nous restent de l'Antiquité, il dit avec la
même naïveté de jeunesse, que *leur génie qui
ne commençoit qu'à éclore, ne comportoit pas
encore les choses réfléchies & de raisonnement.*
Des Grecs il *voltige* aux Sibarites, aux Cro-
toniates, aux Tyriens, aux Carthaginois,
pour aboutir enfin aux Romains, ces orgüeil-
leux Romains, qu'il fait bien dépoüiller à leur
tour, de cette supériorité de renommée qu'ils
se sont établis dans tous les esprits. Il est de
l'avis d'Horace, qui fronde Plaute & son siécle; mais il n'est pas de l'avis de ceux qui admirent Térence. Vous verrez encore, Madame, que ce sera ici un grand Philosophe, *il
n'admire rien.* L'Architecture Romaine ne lui
impose pas: *leurs plus beaux morceaux en ce
genre, avoient des défauts essentiels.*
Cicéron n'est pas mieux traité : il l'excuse
néanmoins par l'imperfection de son siécle,,

ce siécle où la perfection des hommes rejail-
lissoit sur les Dieux, suivant l'Auteur *de l'O-
rigine des Fables*. Le disciple, pour cette fois,
n'est pas de l'avis de son maître, au moins sur
l'article. *Le caractere des Romains n'étoit pas
encore formé . . . . . leur goût étoit incertain.*
De loin à loin l'Auteur parle du Goût. Mais
que sera-ce de notre goût, si celui de nos
modeles, Grecs & Romains, est si informe
& si incertain ? Voici une sentence. *Caton
étoit un pédant, & Hortensius un colifichet.*
Le Colifichet revient dans ce Livre, bien plus
souvent que le Goût, sauf le titre reguliere-
ment répété au haut des pages, le Libraire
sachant son métier, ne vous y trompez pas,
Madame.

Enfin il ne tient pas à l'Aristarque en rabat,
qu'Horace, Mécenes, & Virgile ne soient
dégradés; en revanche Perrault est son héros.
Je l'avois bien prévû.

Qui Bavium non odit, amet tua carmina, Mævi.

Voici une comparaison digne de l'Auteur.
Vous allez voir Lucain l'emporter sur Virgile.
Quoi qu'il en soit, dit leur Juge éclairé, *l'en-
thousiasme de Virgile semble avoir été excité
par les fumées de l'encens, au milieu des grimaces du Temple; & celui de Lucain paroît
avoir été allumé d'un coup de foudre.* Ce coup
de foudre n'est qu'un colifichet: mais ces

grimaces du Temple ne laiſſent pas d'avoir du ſérieux dans la bouche d'un quelqu'un qui ſe deſtine au ſervice du Temple. L'Auteur n'attaque guéres les Dieux, ſans ſe mettre de mauvaiſe humeur contre les Rois, depuis que *le concert du trône & de l'autel eſt devenu,* dit-il, *le pivot redoutable du pouvoir ſuprême.* Le voilà donc, avec plus de mutinerie que jamais, qui vient s'eſcrimer *colifichetiquement* contre les Titans, & cela, ſans autre propos, à propos de Virgile. *Tels ſont,* dit-il, *les effets de la ſervitude. Virgile devenu homme de cour, ne fait que brûler de l'encens.* Dans le même eſprit de ſervitude, & de flaterie pour les Empereurs, *Ovide avoit d'abord montré dans ſon imagination des veines de clinquant : celle de Pline jettoit perpetuellement des éclairs :* & celle de l'A. C. ne jette que des bluettes. Au moins Pline, Virgile, & Ovide ne s'aſſerviſſoient-ils qu'à loüer des Empereurs, des Auguſtes, & des Trajans, & l'A. ne loüe que des Perrauts, &c. Enfin, Rome ſavante paſſe toute en revûë devant le Docteur du Goût, ou du Dégoût. Séneque, Velleïus, Tacite, Juvenal, Catulle, Martial... Eſt-ce la peine d'en articuler la Sentence?

Queſtion. L'A. C. a-t-il lû tous ces Auteurs?

La façon ironique dont il loüe les premiers Chrétiens de leur ignorante humilité, de leur ſainte bêtiſe auprès des Romains, eſt plus que suspecte. Celle dont il leur fait reprendre l'ascendant sur l'orgüeil des Rois par leur propre orgüeil, ne vaut pas mieux. N'avoit-il à nous citer du Christianisme, que les extrêmités de l'ignorance des peuples, ou de la fierté de certains Papes? N'avoit-il que Hildebrand & Boniface VIII. à mettre sur la scéne? On aime les colifichets, ils font rire: mais on déteste les broüillons. D'après Perraut & les autres partisans du bel esprit, la question de sa prééminence sur le bon esprit des Anciens, est traitée, & décidée aux dépens de Madame Dacier. L'Auteur la trouve trop homasse. *Suivant ses idées, dit-il, Madame Dacier étoit peu propre à inspirer de la passion: son exterieur avoit d'ailleurs un certain air de Bibliotheque savante. Car quelle indécence n'y auroit-il pas eu à se mettre des pompons de la même main dont on écrivoit un passage grec?* Le fait est faux: & Madame Dacier avoit l'air du monde autant qu'une autre. Mais c'est un Abbé qui fait le procès à une Dame, de n'avoir pas eu la plus honteuse des foiblesses de son sexe. Ne semble-t-il pas que toutes les Dames lui doivent un tribut d'amabilité, & qu'une femme homasse lui manque de respect? Et ces pompons qui reviennent autant que les colifichets? Il est constament joli.

Au sujet des traductions qu'on a faites en

notre langue, des meilleurs Livres grecs, il dit pour raison tranchante de l'inutilité de ces traductions, & du *métalent* de leurs Auteurs, que *nos Dames*, *à qui on avoit promis une délicieuse galanterie, n'accréditerent aucun ouvrage de l'antiquité : & que la tendre Sapho n'excita pas deux soupirs dans Paris.* De tous les Goûts voilà le mieux décidé de ce Livre, & de pareils essais peuvent passer pour des coups de maître. Les especes de coqueteries se trouvent ici fort bien détaillées, & dans les bons termes. Tantôt c'est un conquérant qui remporte des victoires *sur une brune qui a du tempérament,* tantôt *un marodeur qui brusque, &c.*

La seconde partie met en question, *si le Goût est arbitraire.* Mais qu'est-ce que le Goût? demande-t-on depuis le commencement du Livre : il finira sans que l'Auteur s'en soit avisé. Pour la seconde question, il ne se met pas plus en frais : il parle de tout ce qu'il veut, & prouve au moins par là, que son goût est arbitraire. Il se lasse de ce sujet ou de ce titre, & il en vient un troisiéme sur *la délicatesse du Goût.* Là, c'est-à-dire, aux deux tiers du Livre, l'Abbé C. se rapproche de son sujet, & commence à en parler assez bien. Il est homme de sentiment ; & comme il a véritablement de l'esprit, il ne manque pas non plus de délicatesse de goût.

Il a encore d'autres titres ; *les fondemens de l'harmonie : le géometrique de l'harmonie : l'harmonie de la poësie.* Je ne suis pas assez musicien pour savoir si une foule de belles choses que cet Auteur jette sur l'harmonie, sont exactes. Mais je m'en défie beaucoup, parce que je sais ma gamme *ut, re, mi, fa, sol, la, si, ut,* assez pour voir que l'Abbé ne la sait pas. Il veut partager cette gamme par quarts & par tiers de tons, j'y consens : mais il compte huit tons, & il dit qu'en les partageant par tiers, cela fait vingt-quatre infléxions, parce que trois fois huit sont vingt-quatre : sur quoi le voilà pris tout d'un coup en flagrant délit, d'homme qui parle des choses sans les savoir. Car dans *ut, re, mi, fa, sol, la, si, ut,* les plus apprentifs comptent bien huit sons, mais seulement sept tons ; & trois fois sept ne font que vingt-un, au moins en bonne arithmetique. Il faut, disent tous les musiciens, deux sons pour faire un ton : & le ton est l'intervale de *ut* à *re,* de *re* à *mi, &c.* Effectivement l'Abbé qui veut diviser, a besoin d'intervalle. Comment diviseroit-il *ut,* ou *re,* ou *mi,* &c ? Il y a plus que cela : & il n'y a pas même encore sept tons. Tous les tons ne sont pas des tons. Les écoliers de musique savent que de *ut* à *re* il y a un ton, de *re* à *mi* un ton ; mais de *mi* à *fa* un demi ton : de *fa* à *sol* un ton, de *sol* à *la* un ton, de *la* à *si*

un

un ton ; mais de *si* à *ut* encore un demi ton, & qu'en tout il y a cinq tons & deux demi tons, ce qui ne fait en toute la gamme que la valeur de six tons, qui étant partagés en tiers, s'il est possible, ne font que dix-huit, au lieu de vingt-quatre infléxions : le mécompte est considerable. Je m'en rapporte aux Professeurs de musique. Ce n'est pas par envie de critiquer, c'est, Madame, pour vous dire ma pensée, comme vous me l'avez demandé, sur un ouvrage pareil à bien d'autres que je n'aime pas. Je ne puis souffrir qu'on attaque la Religion, les mœurs, ni l'autorité publique. Malgré cette autorité, il se glisse tous les jours bien des licences. Les Superieurs immédiats ne sauroient tout voir par eux-mêmes. Dès qu'ils ont été avertis du danger, ne pouvant supprimer tout le Livre, ils y ont fait mettre des cartons * que je n'ai point vûs. Il m'en auroit trop coûté de soins pour me les procurer : & si l'exemplaire d'après lequel j'ai l'honneur de vous parler, n'étoit comme de lui même tombé entre mes mains, ja doute que ma grande déference pour vos ordres, eût pû surmonter la répugnance que j'ai à lire des ouvrages si inutiles au bien de la societé. Je suis avec un profond respect, &c.

** L'Auteur paroît n'avoir vû que l'Edition cartonnée. Que n'auroit-il pas dit de la vraye Edition ?*

F I N.

PERMISSION

[...]

A Paris le 13. Novembre [...]
Signé [...]

[...] sur le livre de la Com[...]
[...] des Imprimeurs de Paris [...]

[...] la Cour de Parlement [...]
A Paris le 13. [...]
[...]

FIN